宁夏回族自治区 2023 年文艺创作扶持项目

西海固

|大|地|诗|草|

李兴民 著

黄河出版传媒集团
阳 光 出 版 社

图书在版编目（CIP）数据

西海固：大地诗草 / 李兴民著. —— 银川：阳光出版社，2024.11. —— ISBN 978-7-5525-7533-0

Ⅰ.I227

中国国家版本馆CIP数据核字第2024SM4626号

西海固：大地诗草

李兴民　著

责任编辑　谢　瑞
封面设计　蒋　浩
特约编辑　陈　帅
责任印制　岳建宁

黄河出版传媒集团
阳　光　出　版　社　出版发行

出 版 人　薛文斌
地　　址　宁夏银川市北京东路139号出版大厦（750001）
网　　址　http://www.ygchbs.com
网上书店　http://shop129132959.taobao.com
电子信箱　yangguangchubanshe@163.com
邮购电话　0951-5047283
经　　销　全国新华书店
印刷装订　山东新华印务有限公司
印刷委托书号　（宁）0031253

开　　本　880 mm×1230 mm　1/32
印　　张　7.5
字　　数　100千字
版　　次　2024年11月第1版
印　　次　2024年11月第1次印刷
书　　号　ISBN 978-7-5525-7533-0
定　　价　58.00元

目录
MULU

卷一　恰似乡愁

卷二　高原之上

卷三　木兰花开

卷四　洋芋铃铃

卷五　炊烟升起

卷六　山乡之风

卷 一

| 恰似乡愁 |

捣一盅西北老罐罐

捣一盅罐罐茶

想起我的老妈妈

熬过了艰辛，没熬过岁月

多少恓惶，多少愁肠

熬成了满头白发

捣一盅罐罐茶

想起我的大大

黄土高原上万户千家

多少烟熏，多少火燎

熬得酽酽的淡淡地喝下

茶酽了添上水就淡了

茶苦了加上糖就甜了

日子难了熬一罐

最酽最苦的茶

真是过瘾啊

捣一盅罐罐茶
想起那年走出口外的她
念想熬成了吊线线
多少春秋，多少冬夏
熬在心窝窝解乏

捣一盅罐罐茶
谝闲传，唱"花儿"
过命的交情一搭里续上
多少欢欣，多少梦想
熬在西北风里喝下

小院赋

家是一个院
半侧有雪
半册诗

还有一半称心
一本经书
难也要念好

温暖不止眼前的
烤洋芋
熬罐罐茶

还有正从远方
往回赶的
春天与燕子

月光洗心

盛一碗月光
饮尽后
洗心

革面的事儿
交给静夜
亮着的星辰

方桌

比起"一个木娃娃

来人就趴下"的炕桌

方桌在中堂上

就显得威严

七碟子八碗子待客

就要摆在方桌上

方桌上说的

才叫桌面上的事儿

拍桌子

只有拍方桌

方能拍出

大人物气势

在老家炕桌上

写诗

不由写到

那年方桌旁的：父亲

园中有枣

栽子自陕北清涧移来

扎根原州西塬

多年以后，操着一口混搭方言

与本土桃李杏称兄道弟

园中有枣。结在古典诗词

西北民歌，中秋枝头

耐拉扯不过枣树

炕桌红枣贵重

蔬果，此时，天涯

给阳光，给清风

腾出足够的

走心部分

枣儿甜，枣儿香……

春天适合在田野躬耕

春天来了，褪去一冬的寒
和加厚棉衣
闷在都市的暖气屋久了
到乡下让轻柔的风吹吹
吹醒慵懒的身体
和内心的跃动

春天适合在田野躬耕
杨柳泛青
燕子呢喃
土地松软
远处有人唱着山歌
我拉着牲畜
父亲扶着犁耙
在鸦儿湾坡洼上
演绎地道的二牛抬杠文化
我们父子俩
正好

春天来了
我站在和父亲一起劳作过的地埂上
想和父亲一起再次种田
而父亲却在大地中沉睡着

恰似乡愁

其实，父亲修建于 20 世纪 80 年代的

老土屋已经拆除了

老土屋只留存在我的时光相册里

恰似乡愁，父亲离开我们已经好长时间了

我却始终无法走出

就像执着地回望老土屋一样

无法割舍

比如跟乡亲在故乡生活的童年

思念故乡亦是思念父亲

怀念童年亦是怀念父亲

已经过去的很多往事

很想遗忘

却时常回忆

一如曾无法慰平的伤口

艰难自愈

席芨滩梁上

席芨滩梁上，天很蓝，云很白，草很青
那么宁静的山梁上
怎么会有飞行物钻进眼睛
避过母亲，兄弟姐妹，和孩子
取着磨眼仁的东西

在父亲坟头点香后
亲人们面前的中年男人
像什么都没有发生
极目四野，苍莽的辽阔
辽阔的苍莽

掩饰

父亲把爷爷的遗骨从曹河往老家迁
当埋葬了三十多年的
爷爷的遗骨一块一块
从坟坑取出的时候
我把目光投向父亲
父亲面无表情
背过身去

雪还在下

故乡的原野上
落满了雪，白茫茫一片

挪窝的兔子
留下深深浅浅的脚印

童年的冬天
父亲领我雪地追兔

而时间的兔子太快了
几度岁月雪无痕

眼前的雪还在下
盖住了父亲的坟头

马家沟

几声鸡鸣，几声羊咩，几声牛哞

听来都像一百多年前的声音

却叫醒了西北现世黎明

马家沟的蔚蓝古老，青翠古老

云朵古老，风古老

亘古天空之下，大地之上

老辈人无常，平辈迁徙

晚辈进城，崖背鸽子

给你搭个栅栅子

窝比房高，人比鸽低

中年哥哥李银昌

成为马家沟最后的守望者

守得住正道，守不住

光阴流变，隐秘的口传史

终将被大地典藏

在马家沟，歌唱多么不合时宜

在这无边的沟壑梁峁里

请一定默念赞颂词

陇上词

——"月亮月亮光光，把牛吆到梁上

梁上没草，吆到沟垴"

陇南一隅。秦非子后人的光阴

由西汉水滋育

姑舅爸，二妗子，碎姑姑

这些老农民

园子里的礼县苹果

不失王者之气

掌管市井的文吏，让十万匹军马

在坡儿上，下川里奔跑

并在街亭古战场、西安博物院、陇南地方志嘶鸣

行行重行行，出陇复入陇

李世俊老人家炕桌上

一大盘子果碟，牛肉，萝卜菜

大大娘（nia）娘（nia）

客人吃，客人看，香飘三州六县

喝一盅罐罐茶

歇缓好。把徽县大黄张家川二毛羊羔皮子

水洛山货秦安花椒

贩运到西吉，通渭，新疆，温州

再到莲花城寻师访学

祁山堡问道

用楷书写下"卤中草木白"

陇上布衣，虽无三分天下之才

也有骑耕牛过关山

讨生活的那么一丁点

怀身两下子

茂盛的核桃林里

青草，经典

以及南里人，北里人

半页隐秘的脚户史

一并芬芳。在即将消逝的乡音里

记住名震天下或土里土气的

几个地名——

盐官、张龙二镇、瓦泉

上磨、毛山、梁山、杨家渠、马家沟

记住口传民谣："古今古，古今古，

古今湾里打老虎——"

过关山，过张龙二镇

一辆架子车
华亭装煤，梁山卸炭
过关山，过张龙二镇
父亲在前面拉，儿子在后面搡
没黑没夜

北京现代轿车
在关山的柏油路上行驶
父亲讲着
和他的父亲
过关山，过张龙二镇的往事
（父亲没有讲的，是几十年来
一直背着"锅盔"、干炒面和凉水
过关山，过张龙二镇
贩运山货和牛羊，供养我们
上学，进城）
软座上，离梁山还有一百多里呢
父亲有病，说话比五十年前出力气还要疲惫
父亲啊，一辈子过关山，过张龙二镇，都没轻松过——

清水罐罐茶

集贸市场，戴着大圆坨石头眼镜的老人

围炉，讲着轩辕皇帝和养生温泉

喝罐罐茶。整整一个下午

我陪着父亲把砖茶

一撮又一撮地

和着光阴

慢慢熬

越熬，越酽，越苦，也越淡

味如陇上千年小城的名字：清水

大山与父亲

山硬朗，站在山梁上的父亲比山硬朗
四十年，大山与父亲，撑着我的天空

连绵的群山中，再也找不见我的父亲
我试着在西吉滩的山梁上挺一挺腰身

顿然体悟，天空由一个人撑起的时候
父亲曾如我这般，四顾空茫，想呐喊

西吉滩，西吉滩，父亲的脊梁骨累了
请容我的父亲在你的怀抱里好好歇缓

没有人像天下父亲那样有着山的敦实
没有人像天下父亲那样以沉默为力量

当父亲成为山的一部分，在父亲肩上
我想以父亲的姿势，站成宽厚的模样

客来何处

月亮光光
夜宿鸦儿湾
方知已有二十五年
没有在这个庄子里住过了

村庄还是老村庄
不一样的是
假日返乡探亲的城里人
在自家的老宅里借宿

宅基地还是老宅基地
不一样的是
20世纪80年代修建的
土木大上房
高房子
都全部拆除

经年早起的大伯，伯母，父亲

以及大哥，大嫂
疼顾我的亲人
已经在大地中沉睡

在清晨
故乡的心脏
一半温度
一半凉薄

葫芦河传

南岸鸦儿湾注入的四股深流

四朵闪耀的浪

四条跃水的金鱼

北岸的巷子已拆迁

父亲翻阅经典

写下——

"孝善义慎"

那虔诚的背影

以及旧时光

在城市综合体上

怅然追寻。而葫芦河谷地

赞念之声悠扬

静净无尘烟

修为的风

有着四朵花的清香

吹过——

气象局家属院

单层砖木房屋

1995 手工门

铝制户牌

尚存于穆家营的一方乡愁

打胡墼

那些会打胡墼的亲人们

相继离开了人世

比如父亲

整个 20 世纪 80 年代，跟着父亲

学做一名地道的农民

学打胡墼

二〇〇九年行将结束的时候

推土机把老家

胡墼垒起来的箍窑，泥屋，院墙都拆了

我像贺知章一样回乡

提过杵子的手

再提笔

写下——和父亲一起

打胡墼旧事

口授

——三铁锨
九杵子
二十四个脚底子

6 月 30 日纪事

三姑姑躺在病床上
这个一辈子饱经贫苦的
七十三岁老人
给我平静地交代后事
并且补充
——要是你大去年没走
我就给我的兄弟说
我的兄弟不管我了啊
姑姑哽咽了
你是我娘家侄，给姑姑多操心啊

二姑姑已经从闽宁镇赶来
刚办过儿子的丧事
趁着医院窗口进来的微风
还没吹倒的空档
不断地抱怨
——老妹子啊
都说你快不行了快不行了

你看你，还活得，好好的么
几百里的班车上
心急得要人的老命哩么

大姑姑说
——你们都哼哼唧唧啥哩
草一茬一茬长
粮食一茬一茬收
今年的麦子怕是也快黄了
大姑姑对我说
——孩子，你大无常到我们前头了
姊妹几个都没精神了
你给我们当好娘家啊
人一辈子总是要有个娘家啊

为什么一再写起姑姑

因为

一半百年了

你没发过脾气

爷爷在的年代里

你给爷爷烧火做饭

你给爷爷辈的人烧火做饭

你没一点点脾气

我见了几十年了

父亲在的年代里

你给父亲烧火做饭

你给父亲一辈的人烧火做饭

你没一点点脾气

爷爷没在了

多少年后父亲也没在了

当惯娘家人的我理直气壮

来到你的炕上躺着

八十岁的你烧火做饭

文字里只能写你

就是写错了

你也给我烧火做饭

多少年了

作为一个诗人

我只给别人写赞歌

而写你

我极力写你的穷苦

甚至习惯了写下你的苦难

故乡谣

吊在奶头上的孩子

断奶之后
就自己长大

并且不断褪去奶味
走向远方
直到找不着胎记

回乡偶书

1

山泉为镜

照一照脸

泉水洗尘

褪去积垢与浮躁

找回本真的你

2

山湾，一个粗布口袋

装满史传

年长的姑姑

一部活字典

一个人的山湾民俗学

印出来的书本上

读不到

3

所谓的亲人

就是把你早年用过

快被时光遗弃的旧物

还当成宝贝珍视

把你身上总招人嫌的臭毛病

当成美好捡拾的人

4

牛娃子，虎旦子，山鹰子

三个少时的伙伴出村三十年

回村说着不同话题

分别是

机关生态

加盟店火锅配料

劳务市场行情

三个中年人

又共同说着一个字：怂

5

满圈的牛疑惑地看着我
并且判断
这个土老帽
到底是不是城里人

6

村里走出的教授说
在城里
总嫌职称职级比人低
面子比人小
回一趟老家
走一圈老亲戚
就知道什么叫作：知足

留在相册里

老家的土坯房
土墙土院土巷道
终于拆除了

久居高楼的人
朋友圈相互转发
相册里存下的
故园印记

鸦儿湾

百年前那场海原大地震后
南里一坑，北里一坳
落难的盐官人，梁山人
从头拾掇山河光阴

喊过渴喊过饿的黄土地
把水墨乡愁，染在了我心上

乡味

火石寨的山羊羔子肉

用葫芦河水清煮

鸦儿湾新挖的洋芋

用锅锅灶烧烤

韭菜炝锅酸浆水

用大瓦盆端上

高垒高垒的杂粮炒熟面

用罐罐茶烟熏火燎

民谣与古今

用崖畔下的土箍窑里珍藏的辞章

被爷爷和父亲用秦陇方言念诵

羊皮袄

母亲说

这件羊皮袄

缝好后

你父亲舍不得穿

1990 年的风雪大衣

你看还新新的

你父亲说让娃娃冷的时候穿

记得三十年间

村里几个隆冬过的红白喜事

都是父亲提笔记账

父亲站席口

父亲在迎宾送客

穿着羊皮袄

抚摸羊皮袄

如同抚摸已经摸不着的父亲

短脚步了

父亲走了
朋友圈安慰我的亲朋好友
很多
都还没来得及回复一声：谢谢

乡下的堂哥
陪我送走父亲后
过了两天
又来了
堂哥抱怨
——固原城太大了
总是找不见你家
堂哥说：我短脚步了，你就见谅着

正月十三记

泉儿湾的砖瓦房里

两个炭火炉子烧得正旺

煮羊肉，烩萝卜菜

熬罐罐茶

都没有闲着

西山峁上春风吹

舅舅以冬天的方式

心怀祈祷

给远去的冬天最后的致敬

细雨来了

先不要熄炉

要干些新春的事了

比如准备种田

比如卖出几只羊给孙子凑学费

比如接回在银川住了一年医院的表哥

到家里与瘫痪对决或者顺命

大滩里

高抬，深埋，大地收人的一种方式
祈祷词平静，且有低寒的烈度
一如三九清晨的阳光

大滩里柳树成行，依然坚挺着
好让人们相信
没有一个春天不会来临

并且怀疑：三年之后
疫情能否散去
还有多少老年人能度过这个严冬

1966 年人工修成的水库已经干涸
而坝面空地上的送葬仪式
庄严，肃穆，盛大

总有那么几个孙子
缠着奶奶留下手机，索要密码

现实的事儿，要比网上还搞笑一些

山峁上的庄农人家
擦亮停在大门口的小轿车
在屋内思谋：该上哪儿打工挣钱

突然间说起来银子

眼前的一片撂荒土地
没有人说是三十多年前
来银子家的老庄院

突然间说起来银子
吃过宴席的一群人都快忘了
村里还有过这么一家人

听说有人曾在兰州老火车站见过
他拖儿带女出了口外上了新疆
可能混得不是太好吧

突然间说起来银子
像翻开早年的那页日记
模糊得快找不着字了

穆桂英山传说

西吉城南，有一座山

叫穆桂英山

相传——

战事开始了，穆桂英要生产了

女英雄不愧为女英雄

天为帐，战壕就是产房

穆桂英百战百胜

穆桂英站在穆桂英山上

每一个黎明和黄昏

穆家营都会升起炊烟

穆桂英化身为山

永久地守护一座城

带孩子登山的时候

我讲着母亲

给我讲过的穆桂英山的传说

清凉词

在故乡，在他乡
在微信朋友圈抬杠
——有一种奢侈叫睡觉盖被子
——有一种过分叫没处避暑

穆桂英山下，葫芦河岸边
捞起一筷子浆水长面
以旱韭，新蒜，盐官话为佐菜
咕噜咕噜饮尽大老碗炝汤
四世同堂，在1995格调的
一方小院里
有人不言不喘
有人谈着三伏天气
有人切西瓜
有人熬着罐罐茶：以热祛热

微信上热聊假日返乡
——闻所闻而来

——见所见而去

——有一种美叫不期而遇

——有一种美叫擦肩而过

——有一种美叫期待：下次再见

从固原城回到穆家营

听一曲云水禅心

写一笔清风，吹尘

固西高速

两头两座城
一头西吉：文学之乡
一头原州：诗歌之乡
中国大地上两株
茁壮的庄稼

多年了，我早已把西吉与原州
同城化了
常常在固西高速路上往返
西吉往原州
原州往西吉
都是家的方向

无论从哪头
下了高速就到了家
早上在西吉喝罐罐
中午在原州吃洋芋
晚上还能写一写有关西海固的

长短句

而任何时候的固西高速上
都是奔跑的
乡愁

周末西吉

一锅煮洋芋就够了

一碟咸韭菜就够了

一只老土鸡就够了

一把秦椒就够了

一把浓葱就够了

一个灶台就够了

一个火炉就够了

一盅罐罐茶就够了

一碗熟面就够了

一方小院就够了

一席土炕就够了

一卷经书就够了

自然醒的睡眠就够了

母亲不停唠叨就够了

键盘上的锅锅灶

多么适合多年以后的某个秋天

在城市高楼

节假日伏案间隙

左手按按劳损的腰肌

右手写下——

挖土灶，垒土坷垃

山里干柴山里火

用土法

烧，烤，焖

土地里的土豆香

土豆里的土地香

生意经

西市场，姐姐的地摊越来越红火了

百年老市场

商贩一茬又一茬

那些门面房看起来有些衰败

地摊儿却一绺一行

一字摆开的烧烤炉子

唯姐姐烤的面筋香

姐姐说：吃喝买卖

熟食生意，火心要空哩

人心要实哩

防寒

母亲打来电话——
你回来时把我的那件棉大衣
给你姐带上
零下二十多度的天气
还在市场口摆摊呢
让你姐赶紧穿上
别冻出病
姑姑从乡下打来电话——
这天气冻得出不了门
一个人不敢架煤炉
火炕烧热了好好暖着
虽然从医院出来了
这脑梗啊
不知能熬过这个三九天吗

在穆家营西市场

你放开嗓子吆喝：
"西瓜沙
西瓜甜
不沙不甜不要钱"
切开的瓜
清爽了整个西市场
你头戴草帽
对襟子汗衫布扣扣
宽马裤千层底鞋
你的西瓜卖得快
数一沓子零钱下馆子
加肉炒面一大碗
面汤咕噜咕噜喝下肚
你又说：
"吃饱了　喝胀了
和富汉家人一样了"
你在西市场
也自在

卷 二

| 高原之上 |

故居
——兼致诗人大山

苍老了
以及更加苍老的趋势
成了母亲的样子

经年的老土院
有些空心
有些坍塌
也有些陌生
一些记忆找不回
一些时光再难寻
一只童年麻雀
在荒芜处扑腾乡愁

母亲在
才叫村庄
我像一名背离家园的逆子

郊区垂钓

去乡下震湖有些远

去永清湖却是在城市公园

去夏大路村的水塘

正好——

适合你不想把时间浪费在路上

也不想闹市的喧嚣

你只想在短短的假日

找一处乡村水域

不钓鱼儿钓休闲

没有钓大鱼的渔具和本事

没有愿者上钩的那份沉静之气

却不屑于钓上来的小鱼儿

终于有一条不大不小的鱼儿上钩

算是能给这次不远不近的渔事一个交代

能给这个高不成低不就的中年男人一次吹嘘的话题

梁上秋色
——题李金山照

在这道梁上
我不止一次地
拔了麦子拔胡麻
收了豌豆挖洋芋
吆过骡子放过牛
还唱过
山里的那个野鸡娃
红冠子

那时候家里穷
给尕妹子打簪子的事儿
一直没敢说出口

蹚过葫芦河
你去了远方城市
对面的穆桂英山
挡住了望你的视线

从此我们山水不相逢

兴平梁上，一片，一片
又一片红枫
多么像
那年你出嫁时
戴着的
纱巾，美得要命

题照
——兼致李金山老师

"鸦儿湾洋芋能烧锅锅灶

高同梁糜子能喂雀"

凸上，披皮袄的老叔

孤独，温暖

接地气，聚书气

——先生牧羊

暂且放下教鞭

抱一把铁锨，挖掘

悲悯苍生

——摄影家聚焦草木生灵

原生态之外

还有爱，故乡，阳光

以及另一些镜头中看不到的家国情怀

题李金山《牛气冲天》照

那么蓝的天
那么白的云
那么青的草
那么明媚的阳光
那么——
除了诗和远方
还有春天里
"牛气冲天"的主题摄影

眼里把牛照得比人大的人
心里会把人看得小么
——牛年正月初一
得有一张牛照
照照人心
——人群里凡崇拜人
都是：真牛
凡褒奖人
都是：一头好牛

凡祭祀人
牺牲的还是牛

牛马年，好耕田
不能亏了牛啊
学学照片中那个绵善男人
手里没有鞭子

牛场手记

人有家，牛有圈，鸽有窝
在城里，在湾垴，在崖畔
不论穷达，各自悠然

有时候就搅和在一起了
像孔子，子产，冉耕
不知说了些啥牛事
鸽子给牛做个伴
也给远方稍带个期盼的讯息

而今天的牧唱，飞歌
让我想起早年
兰州城里的一段传奇

牛气

母牛下母牛，三年五头牛
马五子扳着指头算细账

牛劳牛饥
尚为耕牛常态

别牛气，圈棚里养尊处优
将在肉架上称斤论两

牛下山

天气持续降温

山越高温度越低

满圈的牛一起

结伴下山

路上很冷也很滑

牛挤在一起

喑哑们不知道

山下的屠宰场

牛肉冒着热气

也挤在一起

很暖和的样子

风吹牛

呼啦啦一群牛
和牛的颂词

风吹牛
牛自吹

吹牛者互吹
吹出一群牛人

牛谈

摸摸牛屁股

一绺一道的鞭痕

传授仁义礼智信的先生

向学童训诫

不能像先辈一样

一辈辈打牛后半截子

必须以牛大的气力

喝墨水

第三种羊咩咩

乡下被封山禁牧

城里遍布的超市都是羊族的悲歌

有多少羊吆不到城郊

临时搭建的圈

这样一群

非城非乡的羊

亦城亦乡的羊

或者根本与城与乡都没有关系

在城乡夹缝里的第三种羊

进不了城下不了乡

在三里铺租房而居

搭建临时羊圈的杨尔旦子

最近比较崩溃

儿子九岁了

乡下老家教学点

没有老师和学生

城里的学校报不上名

杨尔旦子常常

在大半夜的羊圈里

和羊群一起大声呐喊：咩咩咩

碾麦场上

碾场正在进行，不是牲畜拉碌碡
是手扶拖拉机拉碌碡

你说：拖拉机拉的不是碌碡
是把碾场史，从畜力
拉进农机时代

场里麦摞，场外农家小院，菜园子
让外地而来的摄影家们
兴奋地捕捉山乡气息

我摊开桌面上的稿纸
像一个打不出粮食的人

只想记下，那个潇洒的拖拉机手
把孩子往城里转，托了好多人
还没人敢应承

第 N 次入户

第一次入户
墩墩子家的大黑狗冲我狂叫

墩墩子抓起狗铁绳
像拎碎娃娃一样拎起狗
撇到窝里

大黑狗又跑出窝
摇着尾巴，有一些温顺

扶贫时间长了
墩墩子，我，还有大黑狗
人知道人脾气，狗知道狗脾气

第 N 次入户的时候
大黑狗啊，跑过来钻我的裤裆

金色

刘七十家屋檐下的大瓠子是金色的
马改花家场边堆积的玉米是金色的
单山娃家圈棚里的牛是金色的
王耀祖家炕桌上的馓子苹果是金色的
李五八家的水龙头是金色的

黄羊滩的十月是金色的
从杨河村来的移民梦想是金色的

物语

我在梁上玩鹰
你在沟垴耍鹞子
麻雀的孽障

羊群洒满山坡
牛卧槽边反刍
青草的末日

驴娃子吆到羊群里
都称王了，套在磨上
鞭子的狂欢

好骒马不在肥瘦
在力气上
庄农的轻省

猫狗不嫌家穷
燕鸽衍柴垒窝窝
善者的余庆

元月：坎坎伐梨兮

谈完文事，再做做农事

终于活成了不善稼穑

自己讨厌的五谷不分样儿

就像园中梨树

该修枝正形，刺激经络

脱落多余

以种粮的方式清杂草

剁伤或者砍掉

都是极简主义者

最好的方法论

西安的朋友发来微信：

　"文不必秦汉，诗不必盛唐"

放下手锯回复：

　"待疫情散去，来原州

吃好果子，一搭哩

捣罐罐，煮秦腔"

高原之上

咬一口苹果

这唇上的福气

有着祖国润泽的香味

黄土丘陵广漠幽深

如隐秘的窑洞

珍藏着一部史传

关川，关川

阳光照在苹果园上

甘宁两省读书人争论不休

定西与西海固的洋芋蛋

究竟哪一颗更土

云雾山

高过云雾山的

是长芒古草，离离崾上

是风，游牧边陲，并且劲吹

是阳光，这能洞穿哀伤，荒芜

寨科道上

单永珍说着一些

打扫卫生的事儿

海凌云为赋新词

摆出文艺范儿

马俊脚下踩着挡　手握方向盘

拉着一车的故事

以及慨叹

几个人各自的

人生况味

云雾山，悲欢离合的很多事

我站在四十岁的门槛上

还看得

云里雾里

山乡手记

1

秋风把天空吹得高远，寂寥
玉米黄了，土豆熟了，岁月深了
弯腰，埋头，挥镰
收割梁峁上的
五谷，光阴，青春
一盆热锅洋芋，咧嘴轻唱
昔年马铃薯花儿一般的，蓝调山歌

2

隆冬腊月北风呼呼吹
雪欲下未下，雪花去哪了
怕是寻找洁白
怕是驮春天去了
不谈雪
谈谈火炉子，烤洋芋，罐罐茶
这些烟熏火燎的乡村屋舍里的味道

卷 三

| 木兰花开 |

固原，固原

"薄伐猃狁，至于大原"，《诗经》里的固原
血与剑与风，马群汹涌，烽燧相望，坚城高垒的地方
生生不息的"花儿"，一辈子就这个唱法

固原，曾经"剁开一粒黄土，半粒在喊饿，半粒在喊渴"
一如母亲在亘古的岁月里一路走来
在曾经"不适宜人类生存"的苦焦里披荆斩棘
踩出一条蜿蜒的羊肠小道
空负褡裢，在贫困交加里前行
在无边的旱海荒原上
驮着半桶水赶不走饥渴的麻雀
在黄土窑洞里躲避豺狼
没有力气揭起命运的锅盖

史诗，必须在"不到长城非好汉"的谣辞里研读
让我们不得不再次站在六盘山的高峰上追昔
秦皇汉武，唐宗宋祖，成吉思汗，俱往矣
而一支老百姓自己的部队

在将台堡写下不朽传奇

"继续走好新时代的长征路"

一个声音从这里响彻神州大地

一个复兴的民族又开新篇

这里，是中国扶贫事业的发源地，脱贫攻坚的主战场

这里，是打赢脱贫攻坚战必须翻越的最后一座高山

这里，扶贫开发的万里长征取得了最后胜利

这里，发生了翻天覆地的变化，脱胎换骨

这里，脱贫攻坚历程成为中国减贫的缩影，精准扶贫的

样本

这里，总会有一些"固原故事"振奋人心

从一孔窑洞就是一间教室到适龄儿童入学全覆盖

我们的未来不是梦

从出行靠走运输靠驮到县县通高速

村村通硬化路通客车

从"山是和尚头，沟里没水流，晴天一身土，雨天两脚泥"

到"智慧用水"，高原绿岛，旅游城市

从"扶贫先扶志"到祖国的文学之乡，书法之乡

民间艺术之乡，民间绘画画乡

社火之乡，诗歌之乡

这乡那乡

都是我可爱的家乡

大营城

在原州，真正的老城

不是与新区、西南新区相区别的老城

是原州城西，秦长城以西的

大营城

谷雨时节，长郊有草色

在大营城厚实的城墙上吟诵

"薄伐猃狁，至于大原"

并且眺望——

六盘山，须弥山

三关口，大萧关

头营，三七营

开城，原州城

都有着若隐若现的

历史的气息和现世尘烟

大营城旁

一树杏花繁白，开出孤独而寂寥的美

三营挂车市场

北方四月，春风吹醒西海固

吹醒清水河两岸

吹醒柳树，山桃，杏花

吹醒三营挂车市场

二手挂车涨价了

市场一角

小两口商量

媳妇说生意难做

我看这挂车就不买了

小心赔本

山旦子说天上下银子

还要把头伸出去

等疫情散去

咱接几单长途贩运

上新疆，下四川，跑苏州

全中国都有咱三营人饭碗

周末街头偶遇虎西山老师

我的问好很俗套：老师您锻炼啊
脸势好很（没说天气很好）
老师说：我一直就这副嘴脸么
（很一本正经很幽默那种）

老师问：你在单位忙吗
答：超级忙，忙超了
问：咋写作着呢
答：八小时外，双休日，节假日
把时间管好着哩
老师说：好，把手机拿上
到树荫凉里写去

五香羊头

村子是养羊示范村

村子里的羊肉品质好

村子里的人都思谋着"发羊财"

第一书记李雪宁早年农校毕业

在羊坊村念起了羊经

原州有史

也有新闻

有《诗经》里的"薄伐猃狁，至于大原"

也有老百姓舌尖上的"五香羊羔头"

从乡村进去再出来

这些搞过扶贫工作的李雪宁们

都如数家珍

谱写西海固食典

并且采集

那些风行民谣

"半夜里起来吃羊头

为的是两个眼仁"

9 月 25 日的李方老师在包饺子

雨下个不停，总不能天天泡方便面

今天中午吃顿饺子吧

驻村第一书记，改善自己的伙食

改善老百姓的生活

都是应有之责

李方老师的拿手绝活儿

就是把自己小说里的故事，村里的故事

屋外的风声雨声，马沟小学留守儿童的读书声

新闻里孟晚舟即将回祖国的消息

都当成馅儿的组成部分

盘子里的饺子

像乔致庸家的银锭子

像建档户马木沙家满圈的羊

像西海固作家群

像微信朋友圈

而李方老师，这个把"固原食典"系列

写成乡愁的人，正把村里

几位"五保户"老人请到宿舍侃大山

——饺子就酒，越喝越有

——小雨绵绵情，饺子幽幽意

留白的补充

林混在微信朋友圈写下：

——"我在固原秦长城上

喊

喊

喊一个人的名字"

樊文举在评论区留言：

——"喊谁呢"

文友们都挤出来竞相补充：

——"喊美女"

——"差不多"

——"猜准了"

——"那简直是一定的"

——"我也想喊"

……

文字一再接龙，"对方正在输入中"

周末到大疙瘩下乡手记

这个周末下了一场及时雨
福建挂职干部说
南方最近洪涝
我们这边还是要做好防汛
湿陷性黄土容易发生地质灾害

在大疙瘩，写写《山海情》续章
河道泥泞，就修一道排水渠
加一座漫水桥
再建一座垃圾中转站
村道不就干净了么
想去挣钱的老乡
好办
联系几家工厂
飞机送过去

在大疙瘩移民安置点入户
想起我的兄弟马生智

迁居到红寺堡的移民诗人

不知道有没有再回望他的老家

师兄马君成常常在头营写诗

原州北川里吹过广阔之风

养殖户马有仓牛羊满圈

他扳着手指头算账

——最近牛价塌咧五六千

羊价塌咧五六百

往出卖就跌本咧

草料价高是高

先不要出圈

再看看行情吧

返程时

雨下得正大

薛玉玉笔下构建的"彭堡河"

正淌着一股活水

看来今年的干旱

多少有所缓解

西夏史诗

走出西夏博物馆

再转一转西夏陵遗址公园

这远远不够

接下来

还必须读一读

杨梓的《西夏史诗》

掩卷之后

不妨用上足够的假日

用车轮和脚步仔细丈量

从贺兰山到六盘山

你会发现

宁夏的一半本是一部西夏史诗

贺兰山腹地

错过了在贺兰山上看日出

却没错过在贺兰山腹地捡拾歌谣

手提袋里的几个册子

《元昊小传》《西夏简史》《西夏史诗》

需要作为一个宁夏人的我带回家的

案头之书

没有哪一座山能像贺兰山一样完美诠释

入主与败北

大漠孤烟与鱼米之乡

坚硬与柔软

这样一些矛与盾相依相存的

塞上曲或江南词

祖国的每一座山

英雄气息总是相通的

贺兰山腹地

阅读微信新闻

喀喇昆仑传来催泪词句

——清澈的爱，只给中国

青铜新韵，或者古峡之风

1

大峡谷的风，从洪荒起兮
吹过五千年文明史，持续劲吹
吹黄了沙，吹黄了土，吹黄了河
吹响亘古青铜

2

这是大西北的风，有着银川老白干
固原糜子散的纯醇。大喝，饮尽
醉美，醉美，西北有黄河楼
上与浮云齐
登高，噫吁嚱！宁夏川通达
若隐若现的，都是鱼米之乡与史传气息
君不见，秦渠，汉渠，唐徕渠
九大干渠，在九曲黄河文化的心脏位置

3

塞上有佳人

你颜如玉，我却出无车，亦无诗

只有青铜才能吹响爱

只有你，在时光里衣袂飘飘

只有你啊，在河之洲

幸亏灵州府、兴庆府、鸿乐府，都不远

我会借几斗唐诗宋词给你

把"大漠孤烟"给你

把婉约豪放都给你

4

或者，唱一曲"花儿"吧

不负青铜不负峡，不负黄河不负楼

不负你，不负我

"哎，哥哥是峡谷，妹是水

不要断呀

黄河绕着黄河楼，我缠着你"

这心窝窝上的水滨之韵幺

教人流连忘返

5

再来谈谈现实主义吧
喝一盅盖碗茶，咥一碗羊杂碎
让我轻轻地告诉你
我的从六盘山区移民而来的父老乡亲
已扎根黄河岸边
一个叫马得福的人
把多年以前挂在嘴上的"世上的穷人多
哪一个就像我"改成了
"天下黄河富宁夏，塞上明珠青铜峡"

6

人生何处不故乡
黄河岸边，稻花香里，贺兰山下，国风吹兮

通湖草原

苍天之下

大地之上

腾格里沙漠是亲近的兄弟

四野茫茫

一坨一坨的牛

一坨一坨的羊

一坨一坨的马匹

一坨一坨的骆驼

放牧在心上的精灵

在通湖草原穿行

一边哏着内蒙古大曲"闷倒驴"

一边唱着宁夏"花儿"

"走咧走咧走远咧……"

高平街

甘宁界，有两条高平街
一条在平凉
一条在固原
中间隔着
崆峒、六盘、三关口
开城梁、安西王府
泾河、清水河
我们走在高平街
虽无万水千山之远
却拐着各自的弯儿

相传

一碗现实主义的加肉炒面片

出自秦安老板娘之手

颇有味道

莲花镇上

三十年前住过的驿站

大门上的铁锁

隐喻了锈迹斑斑

抑或铅华时光

莲花阳坡

二百年前的典籍

古朴呈现

相传——

从陇东南到西海固

一线文脉

一个伏笔

一个秘密

秦州小曲

西北偏西。一骑红尘樱桃风

李杜的浪漫和现实主义踏马而来

州花珠圆玉润若即若离

轻拥一个人的小小寂寞

和陇南夏天明媚灿烂的广阔

秦州，秦州，葫芦河汇入渭水

干锅盔装满布褡裢

骡马交易丝绸

王朝重器藏于策

白娃娃袅袅转身的秦州

樱桃，樱桃，你在水一方

货郎子挑担而歌：

青丝换线哩

樱桃换盘缠哩

我和你心换心哩

秦地安定。来自原州的秦州后裔

穆家营吃一碗浆水面

阿阳捣一盅罐罐茶

盐官读一部史志

一线古道秦州，樱桃含口，爱在心

元旦词

诗人们都开始翻篇
摊开续章的册页

一名熬过冬天的凡夫俗子
带着些许中年油腻

走向春天
书写大地日记

春来了，春来了

残雪尚存

我们在长城梁上

剜开冰草根

发现嫩芽儿

孩子突然大喊：春来了，春来了

春风词

春风吹
人民公园去年枯了的草坪
又冒出了青青的嫩芽儿

春风轻柔
吹面微暖
一群孩子们在广场上奔跑
大声呼喊、戏逐

草色遥看
长城梁，古雁岭
以及西南新区市郊的六盘山
像襁褓里沉睡的婴儿

春天里的小城原州
多么像
母亲

春天

在这个严寒的冬天
他不小心弄丢了父亲和魂

阴里阳里的物事
网红专家的说辞
让他失去基本判断

一场令人怀疑人生的高烧
和骨节上的彻痛
让他盼念春暖花开

虚弱与自疗中
他给刚刚出生的女儿
起名春天

木兰花开

玉兰是都市丽人

而在我们乡下

更喜欢把你唤作木兰

没有职业礼仪微笑

和美容后的艳俗

西海固打春后

日子像我的诗稿

有些潦草

像马老三地里散堆的牛粪

捂着口罩的村庄

能说啥称心哩

漫不了"少年"

弹不了"口弦"

种不了麦子和胡麻

就不要错过花期

写写花事吧

在杨河

上河有鸭子下河有鹅

还有一对对鸳鸯水上漂

而岸上的书院

木兰花开。瞧：多么风和景明

春天是一轮有着黄金情怀的圆球

二月的剪刀，园丁的手

修剪金叶榆树冠

让枝条均匀，疏朗，利落

阳光抢先钻进来

拨弄春风

一场新雨后

树芽儿渐次绽开

原来春天是一轮有着黄金情怀的圆球

掐一筐春天果腹

我们在西塬上掐苜蓿芽

掐满一大筐子后

母亲说

今天拌苜蓿菜吃

春天一饱全年不饿

红梅杏

红火，美满，幸福
硬核的红梅杏
给贫困户马有仓
朴素的甜

清晨

当黄土高原遇到青藏高原
当次仁罗布在西海固
清扫木兰书院院落的时候
杨河村
有着天然的干净

清明

雪白，桃红，树梢绿

天空蔚蓝

阳光也很好

连阴几天，放晴了

六盘北麓如画

赶紧摄到手机上

卷 四

| 洋芋铃铃 |

乡村拾词

一峰腾格里的骆驼
在闽宁镇的市场上最为俊美
而西海固才是它的归宿
担起了七头牛的使命

太阳底下不缺仪式
缺的是崇敬
不要把骆驼一样大的事
当成了针尖

多上几个头碗吧
把简菜舀到盆盆里
饥饿者与贤者同有尊严
让驼峰之上的骑行者遂心

飞机上看故乡

飞机上看故乡
看不到人，粮食

大地上，人吃黄土
黄土吃人，人土一体

能看到的只是
丘陵连绵，亘古与苍茫

蓝宝石眼睛

在黄土高原腹地穿行
一珠又一珠蓝宝石
镶嵌大地根部

西海固后山里的淤地坝
蓄满秋水
将谁的眼睛望穿

我心里有一片小小的江南
安放故乡丘陵间
渔歌唱晚

老背篼

王老汉背着背篼

赶着羊群

提着放羊铲

一边吆喝着丢三落四的羊

一边俯首、直腰、仰身

铲子的弧度很优美

羊粪蛋儿丢进背篼

王老汉家口大

缺衣少食的年月里

他有一句口头禅：

光阴不行

头比背篼大

封山禁牧了

不愁吃不愁穿了

王老汉歇缓了

墙上的老背篼，装满古经

在风中摇摇晃晃，像他的命

点灯

那时候年龄尚小

乡下的夜很长

点起煤油灯

写生字，也傻想着

"楼上楼下，电灯电话"

到底是啥样儿生活

黄泥小屋里

升腾着灯盏上的油烟

和跳出农门的梦

两个鼻子眼儿全黑的时候

一个读书儿郎的励志章节

已经写成了

多年以后，在杨河村

一群农家子弟商量着以煤油灯

及煤油灯时代

抒情或叙事

岁月心灯

需要诗来盛大点亮

写下"升子"写下"斗"

写下"升子"写下"斗"

像写下半生恩仇

世道人心

一些人心大

不知装的是明白还是糊涂

一些人的心眼

事事要比出来个升大斗小

比如，村里的山鹰子，兔娃子

牛蛋子，存福子，来银子

自小在一搭儿吃大锅饭

后来，走着走着

有些人散了，有些还翻脸了

臭到老死不相往来

有些活成了世交，一直到进了城

买楼房时还撵着撵着当邻居

互赠芬芳的玫瑰

自行车：周末骑行记

骑辆"永久牌"自行车
从羊坊到长城社区
经原州新街、高平路
常速大约需要半个小时

但这是周末
自己给自己放假
可以不紧不慢
也可以停顿
到萧关公园背背手
或蹲下身子
听三叶草呼吸

看九龙大道
一群与时间赛跑的人
他们一定都有
不得不奔忙的事儿
或远眺

市郊六盘山余脉
云霞缭绕

甚至还可以去怀想
三十六年前
被父亲捎在自行车上
从西吉到固原
再返程
两天足够了

扯远了。跃身
继续骑行
过丝路广场
大原街有"宝马"驶过
没见佳人笑
车尾贴着
"别吻我，我怕羞"

西坪路坡道
慢行，再慢行
耳际来风
"大嘴哇，大嘴哇
下坡子骑车不拉闸"

传说中那名骑行者

"拉住一百

搡倒五十"的喊声

依然消解着

这个时代，我们的焦虑

扫帚

不要对扫殿侯评头论足
他有着我们所没有的利器
扫一屋扫天下都是一把刷子
扫大街也不例外

致敬扫帚
一如致敬掌在手里的饭碗

我曾用一把扫帚
从高平街扫到了萧关路、长城巷
和羊坊社区每条背街小巷
十三年时间
把固原城扫了个遍
以这些经历
浪得"城市美容师"
和"城管诗人"的虚名

唰——唰——唰——

扫帚贴在街面

扫动的声音

至今还在损伤的

腰脊里回荡

而我写过悼词的那名

从乡下进城

陪孩子读书

给丈夫看病的环卫大姐

她是因为连续清扫

累倒的

一把扫帚

总在尘埃里微微歌唱

在诗歌里盛大保洁

洋芋花花，洋芋铃铃

洋芋花儿开，开满故乡的
山坡。父亲扛着锄头
牵着童年的我
沿着地埂走过
乡间的阳光暖暖地照着
到现在，那大片大片的
洋芋花花，洋芋铃铃
还在我的心里开放

风吹席芨滩梁
风吹洋芋地
又吹动
漫山遍野的素洁与忧伤

谷穗

你的身段越低
越让我的浅薄无地自容

并不是所有物事
都在秋天里成熟

我空唱土地的时候
祖国的粮仓已多了一担谷

键盘旁的九月菊

一朵九月菊，两朵九月菊
三朵九月菊……
那么多九月菊

快瞧，都开着
多美啊

这些精灵带着广场
与山梁的气息
芬芳着阳光的味道

疫情防控值班的间歇
给插花喷洒上水
剔透起来的，不仅仅是清晨

追秋辞
——配图短句

风追秋

秋追风景

风景追你

你在路上

若一首歌谣

我追你

而你

在风景里

一直没有回首

一笼笼洋芋

也就几十颗，是六十年前
姑夫家给我姑姑的彩礼
也是姑姑的嫁妆

就这么一碎笼笼洋芋
一如姑姑抓养的一群子女
在那些穷苦岁月里
都被收揽在世上
像洋芋一样泥土里滚爬
在大山里
憨憨地感念着时光
一家亲

去年姑姑给孙子占媳妇时
把几十亩洋芋卖完了
还没凑够给娃们
办喜事的零头

今年洋芋又丰收了

姑姑挖了一笼笼

她老了

开始提不起

生活里的重物

苦

熬罐罐，熬罐罐
一条细线线

万事不要着急
慢慢品

千年陇原
八百里秦川

大西北
第一等味道

无处追寻

搬新房了

旧房地下室

存放了二十几年的杂志

被打捆、装箱

交给收购废品的大爷

编辑部老师来电

正在整理装订历年刊物

缺 1999 年第六期

某事件专刊

我有！

飞奔出小区

街头人海茫茫

游戏

与孩子一起玩跳棋

为了孩子高兴

我故意输给孩子

三局过后

孩子说你真笨

我也很开心

笑而不说破

在成年的世界里

有很多人也这样和我打交道

后院争食

这盘向日葵头
让熟得
再饱满一些
咱们掰开
各一半
不久后发现
葵花籽被雀吃了
雀早飞得没影了

不可或缺

脱贫了
我读到你诗中写的是
包户干部
村长
乡长
县长
他们的确是
应该讴歌的人物
但脱贫的主角
是农民
为什么没有写到呢

不吐不快

村民刘三请王二喝酒

都喝多了

刘三没酒量

把胃吐空了

刘三发现

王二拳高量大

吐出来的只是酒水

吃下去的硬菜

都没吐出来

按下的回车键

写字中

不小心按下了

回车键

你就说我在写诗

于是

我就把我

自封为诗人了

姜

老姜

生姜

辣姜

半生不熟的姜

麻达的姜

喜欢作妖的姜

躺在地上连跌带拌的姜

连蹲尻子带伤脸的姜

常把"老羊皮换羔皮"挂在嘴上的姜

可爱的姜

几十年老邻居的姜

快坐下我给你泡糖茶的姜

蹦跶

屋子里炉火正旺

罐罐茶滚烫

窗外杏树枝头

几只麻雀跳上跳下

外面很冷

不蹦跶几下

怕就会冻坏身子吧

场院周围

风雨里觅食的

另几只麻雀

蹦跶得更厉害

主意

你说——
不小心被狗咬了
咋办

大家纷纷出意
——打疫苗去
——痛打咬人狗
——你也咬给一口
——以后见狗躲着点

你笑了
像没被狗咬一样

邀请收到

谢谢你啊
闲了就来村里看你

你说——
闲了是什么时候啊
这个闲了不会是溜嘴的改日请客
服务员的菜马上上吧

你又说——
不要老说闲了闲了的话
我看你只是瞎忙而已
只是你没意识到

熬罐罐者说

谁说的
好好熬
就熬出来了
熬不出佳句
再熬也只是熬夜
熬不出名堂
再熬也只是熬时间

窗外

你喝一口茶望一望窗外
抽一口烟又望一望窗外

我循着你的目光
窗外什么也没有

我在想
你在想什么呢

惜言如金

那时候
叽哩呱啦说多了

说多了的话
漏洞百出的风

少说几句
就如精短的诗

腾出美好的
留白

名签

午餐结束了
那位学者收起了
自己的名签
从入席，吃喝，到离座
只重视位置而目中无人者
其名字被服务员
同废纸与泔水一并处理

卷 五

| 炊烟升起 |

正午

还未到发车时间

公交车司机躺在驾驶座上沉睡着

很疲惫的样子

市郊站点

我站在车外静静地候着

发车前两分钟

司机醒了

开车门让我上车

"谢谢你没打扰我

不小睡会儿一天挺累的"

两个中年男人相视

并会意一笑

这时候向外一望

我发现正午的阳光

还是挺灿烂的

在赶赴单位加班的路上

我忙里偷闲

顺路看看周末奔忙的街景

言之寺

话说破

你就太没意思了

浮尘里一些事

心照不宣

是诗

秘密的美好部分

写下来则成

言之寺

黄风土雾

黄：黄土地的黄

风：黄土地的风

土：黄土地的土

雾：黄土地的雾

皇天之下黄土地上

黄色的风，土形成的雾

父辈们在黄土雾里

劳作了半生

多年以后

黄风土雾有了新解——

黄：绿水青山么金山银山

风：吹面不寒

土：尘埃落定

雾：烟雨蒙蒙

黄风土雾很少见了

而把黄风当西北风喝

把土雾当氧气吸的父辈中

很多亲人被黄土吃了

2021 年的固原

一场黄风土雾笼罩西南新区

记起 1986 年的鸦儿湾

我在昏天暗地里栽了一株杨树苗

改日再聚

二十年前毕业时

你长发及肩，只谈文艺

两年后我们再相聚

你也长发及肩，也谈文艺

二十年后我们微信相约再聚

都说改日，改日

（老师说，改日就是星期八

改日就是十三月）

朋友圈里

你发已谢顶，没谈文艺

我们都满面油光

貌似功成名就，一副中年样

炊烟升起

市政广场

一棵枝繁叶茂的大柳树上

一群麻雀翻飞嬉戏

旁边修剪树冠的绿化工们

好像与它们一样快乐

春天的绿化带是他们朴实的底色

一些枯枝，斜枝，下坠枝

齐刷刷落地的时候

嘎喳一声

麻雀一声轰隆

似一团新雨后的大蘑菇爆棚生长

一阵子后

市政广场上

升起一股袅袅炊烟

指尖上的练笔

每天晚上临睡的时候

翻翻手机刷刷屏

顺便手记当日偶得

拉出一串汉字

像与孩子逗趣

空杯子

大厅一角
戴墨镜的人
安静地坐了一个下午
像是在等人
像是没有等人
最后只点了一杯咖啡
却多放了一只空杯子

蛙声

在水塘渔业员撵

在田里农业员撵

在林地林业员撵

在草场牧业员撵

在市郊城管员撵

能找个什么地摊儿

大肆作声

呱呱叫

麦田及其他

立夏了。平展而辽阔的麦田

犹如一块绿宝石

镶嵌在城市中央

柔软而稠密的麦田

一头连接老城

一头连接开发区

一头连接新区

一头连接新新区

俨然北方又一处"城中草原"

呱啦鸡肥美而优雅，偶尔秀秀恩爱

在麦田里无所顾忌地

宣示立法保护后革命性胜利

与麦田相守的市民广场上

游人稀疏，房地产公司的几名销售

围着昔年一夜暴发的拆迁户

展示雀上树的口才

演绎新版"守株待兔"

致理发师

你也算一把好剪子
能凭手艺吃饭
不专心理发
搞什么推销

当你第 N 次推销洗发水
那所谓的中草药
不过是质劣价高的冒牌产品
我按你说的价码支付了

"东西就放在你这里吧"
我纠结的是
还有无必要再找你理发
因为我们也算是多年的老熟人了

谁对谁好

裁剪一缕霞光

谁都不给

只给你

因为

最你对我好

蓝眼窝洋芋

那颗皮肤泛红

深眼窝子蓝洋芋

在地里

腰身臃肿

土里吧唧

种过洋芋的人知道

她曾经的青春里

是一朵洋芋花

粉得耀人哩

眺望

古老的辞章
若汉水，若渭水

一汪葫芦河秋水
望穿山峦

堡子隐在高处
遗世而独立

在水一方
乡关何处是

向日葵，向日葵

都低下了高贵的
成熟的头颅
集体沉默
向着大地
完成一次感恩仪式

也曾青春热情
——我是一颗向日葵花
太阳就是我的妈妈
也曾佯装世故
——瓜籽不饱
暖人心哩

七月流火。往后
让我们一起憧憬好年成

七夕民谣

今天是七夕

听说牛郎会织女

我也想见你

咋来哩

开辆豪车我没有

扫辆共享单车人笑哩

拿啥哩

金子银子没挣下

捧一颗心怕你嫌弃

咋进哩

走大门你妈骂哩

翻墙狗咬哩

咋见哩

哎

心上挠人着

补鞋者说

时光的鞋子，有时走得太快了
更换也太快了
那年的簸箕，梿枷
都是用得不能再用了
修一修，再用
碌碡拒绝表面光
能碾几代人的粮食
重要的是这双鞋合脚
让人舒服的物事不一定是崭新的
比起生活的漏洞
补鞋是多么轻松的事儿

卷 六

| 山乡之风 |

隐没地，或者诗在远方
——题牛红旗乡村照

西吉县沙沟乡阳庄村上圈自然组于 2012 年整村移民搬迁，乡亲们离开了祖祖辈辈生活的西海固大山深处，到宁夏川黄河岸边扎根去了……

——题记

1

请不要说我土，身外有浮尘
我只是遮挡而已
我是上圈人，只是用这种姿势离开
身后，是我的家园，我的妹妹
家园会在记忆中，就像你看到的
妹妹在守望
她在守望苍茫，守望我
渴望未来

2

你不要用你和窑洞的古老
来欺骗我。拿起取暖的衣裳
就像阳光照耀
连玉米都金灿灿的
不要注视我，请注视玉米
连我都忽略了这养人的粮食
多么不应该

3

你看，前面是炉子
后面是农家炕
中间是我的孙子
这狗日的，不让被我用力压着
说不上以后有什么大出息

4

你们跳绳的姿势
好像飞翔

可爱的孩子，你们不知道
长大后，必须脚踏实地
你们也不知道身后的草
为什么枯，山为什么荒
幸亏有
红领巾飘扬

5

你们都乐吧
男孩滚铁环，女孩在跳绳
如果我回到童年
也和你们一样快乐、单纯

6

偏远么，美好么
我只感到孤单
大嫂，谢谢你点燃的人间烟火

7

天旱了。我是一头驴

多少回，日而复始，总会驮回两桶水
我是一头犟驴，你要把我怎么样
勒紧我的嘴，心里还是有怨气

8

姐姐，你不要向外张望
不要指望别人
家里还好着哩
阳光照进来了
咱俩一起搬迁吧

9

多么像我的父亲
戴老花镜，弓身，负重
看你爬坡的姿势，多想扶你一把
你说我也不轻松，你还有简单的拐杖
是啊，我在城里，还瞎混着
老爷子，坚持一下
过两年来接你

10

老师，来一张合影吧
你多么美而高大
长大后我就成了你

11

我相信，你们不会认识
这些抽象的树
好像抱团
又好像有着各自独特轨迹
多么像，西海固作家群

12

狗咬，猫叫，老汉笑
你们不知道啊
我的孙子，正在热炕上等我哩，嘿嘿

13

多么过瘾
我们背着书包
在半坡游戏
看到了吧
我们的梦
比羊肠小道还长，比轮胎还圆

14

你以为这是山水画么
你只会欣赏艺术
而不懂生活的艰辛

15

山大沟深，但没有过不去的
你看那头骡子那群羊
是怎么走的

16

壮士骑马，逸士骑驴

我不是什么士

只是一个农民

以驴代步，赶一群家畜

翻过这座山，前面不知道是什么梁

17

前面是母亲、儿子

后面是一头牲畜

一条缰绳，连带了命运

18

这座大山，不知什么时候翻过

这条小路，不知什么时候走到头

我心里只有信念

19

是不是，你们都在注视一辆三轮蹦蹦车
在大山陡处艰难爬坡
看起来很危险
正如你们看到的
我喜欢山路，喜欢冒险
那也是没办法的事儿
你们在山下等我
给你们拉来一蹦蹦车洋芋

20

我上我的坡，你走你的坦途
咱哥俩已经有了选择
不像后面的，该跟我还是跟你

21

认错就必须给对方鞠个躬
孩子，就你这态度
将来不论到哪里

一定不会被生活压弯
高贵的腰

22

在拐弯的地方
你还犟什么
不要争执
直走就跳崖
方向轻转，就会到黄河灌区

滥泥河

一只麻雀在 2021

前半年成鸟，后半年

因抗击西海固六十年一遇大旱

而牺牲

幸亏小说家李方

作为第一书记

把这件事

载入马沟村史

不知谁还记得 1995

那些扒火车皮

逃荒到异乡的雀儿们

在离家路上

群体渴死事件

滥泥河谷

龟裂的土地

无言，却没失忆

多少苦焦光阴

还不是都给硬生生熬过来了

土房文档

月亮山下

嵝岘湾农民伏茂根带着孙子

把老土房里的先人遗像

水缸和腌菜坛子

搬进砖瓦房

大铲车一铲接着一铲地铲

土房子轰然倒塌

二道院土墙上张贴的

乡政府为全面彻底消除土坯房

致广大农户的一封信

成了隐匿文档

拆除后的土房子

扬起袅袅轻尘

若时代炊烟

若乡愁

高山：爱菜词

高山上的特产，是风，是阳光

是辣椒，西芹，西蓝花

有人吟唱唐伯虎的"我爱菜……"

东张原州，西望穆家营

撇开"肉多不入贤人腹"的

明朝那些事儿，蹲下身子

抚摸一只有文化的瓠子

憨样儿也像那颗没念过书的洋芋

一座偏心、偏爱的山乡小城镇

鹞子川里放鹞子

花儿岔里唱"花儿"

一个清心寡欲，在山旮旯里

追寻远远近近故事的人

会不会是这个时代和你喜欢的菜

涵江词

"涵江"与"烂泥滩"，是偏城乡
一个村庄现在和过去的名字
驻村工作队员杨葱
讲起村史就收不住话了
马有福的父亲一辈子在烂泥滩的
土里刨食，而马有福从山里
到东南沿海打工挣钱
往返都是飞机
山还是原来的山
河还是原来的河
只是时代之风，每一天都是新的

专门去看一截古边墙

多么像那几名年长的亲人
有言，或者无言的交流
都会给我心里馈赠
一方辽阔而绵长的河山与爱

街道简史

1985 年父亲把我带在自行车上过偏城
已经没有什么印象
1995 年坐西吉发往固原的班车过偏城
街道那个乱啊——
"眼睛瞎了啊，不会把车让一下"
"耳朵聋了啊，打这么长号听不见"
整整堵了一天的车
我开学报到迟到，老师那个批评啊
一直到 1999 年，四年间
从家到学校，从学校到家
偏城之堵，一直塞在我的心里

2022 年金秋时节
漫步偏城美丽小城镇，有些恍若隔世

心雨

旱透堂了

到八月中旬

还没有下雨的迹象

马爱萍看着焦槁的玉米

心也像烧干咧

带着老百姓和乡村干部

挥汗如雨

在马建的大地上奋力书写

抗旱，抗旱，抗旱

天气预报的忽悠还真不能少

望望梅，就能止止渴

天不刮风

天不下雨

天上有太阳

那就下一场心雨吧

西吉以西，有一坨坨云

落几滴雨点儿
有着早年玉黄树上
谎花的美丽

柯良贵激动地大喊
毛毛雨，大大下

马建民谣

马建洋芋烤熟了，赛过羊羔肉
诗人书记在地头，泼过穆桂英

土窝子胡麻花儿开，蓝格盈盈的彩
乡村美，美不过产业飘带

牛呀，羊呀，都到哪里去
搭起宽展圈棚，不要漫山乱撒欢子

"花儿"吼，飘上了梁峁：
吃肉要吃羊肋巴，听话要听党的话

马建洋芋

圆楞楞的
像我庞家湾的姑舅哥
憨腾腾的
像同化村写诗的墩墩子
最是那个蓝眼窝洋芋
眼窝子深勾勾的
像……
哎，到底写还是不写

马建平伙

吃独食的人不适合打平伙
挑大份儿的人不适合打平伙

吃肉不如啃骨头
啃骨头不如嗦指头

干活扎个泼势
咥饭扎个饿势

没有一副十足馋相
还不如不打平伙

马建阳光

春风敲门
阳光入户

养牛大户富贵子咧着嘴笑
土窝子建起一排排砖瓦房

周吴村道上
一脚油门就到兰州

这时候的玉米大豆复种田间
那位美丽的女书记脸晒黑了

马建月亮

西吉以西，更吉祥
马建月亮，最清亮

在月光的沐浴里
放下身外之物

月亮入心时
足以抛却所有杂念

仰望月亮
把自己都给忘了

王民堡有着空杯的心态

"我可以假装看不见

也可以偷偷地想念"

在深山，也在江河湖海

是隐者，也行走流行界

走进一段故事

故事入心

心空着就有

足够的阳光、悲悯

以及爱

比如王民堡，我们来的时候

正是农历七夕

宁静的夏天刚刚过去

留下小秘密

而秋天，正展开深情

金玉山讲的"粪里捡粮"的故事
是滥泥河的背影

金玉山有时这样写：

"娘把一抹烟火味撒在额头上

爆进一锅酸浆水里

就着葱花

把儿女吃成个饿汉"

——有时变个笔法：

"兴隆的梨花儿将台的蒜

兴坪的桃花儿好看

维下了个连手着眼泪换

心肝花想成了两半儿"

——把西吉浆水面和"花儿"

都写成了乡愁

诗人金玉山的业余爱好

其实就像下班之后

一些人打麻将

一些人赶酒场

一些人唱卡拉 OK
一个人喜欢写诗
也没有什么不好的

金玉山干了半辈子扶贫
在葫芦河川道
一心一意带着革命老区的贫困户
走上致富路
早年金玉山干林业的时候
带着造林队
在滥泥河流域黄土丘陵区
在王民堡周边栽下
一洼又一洼毛桃和柠条

县政协办主任金玉山
在这个周末参加了
"青山绿水滥泥河
乡村振兴王民行"
文艺采风团
人往往会有多种社会角色
这个活动上他是一名免费导游
一方土地的

讲述者

早年饥荒年代滥泥河流域

种庄稼往往是

种了一茬子

割了一抱子

打了一帽子

甚至颗粒无收

很多人会拾粪

把那些牛粪啊驴粪啊骡马粪啊

粪里面没消化掉的粮食

捡出来，吃掉……

乡愁就是小湾三千六百亩瓠子地里
盘根错节的瓠子蔓

那么干净的阳光，那么干净的水

掬一捧阳光洗脸，掬一捧水润心

极目四野，都是干净的绿

深呼吸吧，还有干净的氧气

小湾村千亩瓠子产业点

每枝蔓上结着的瓠子

都和我老家鸦儿湾的瓠子一样

有着这个时代，最缺乏的高贵与朴实

我在城里也不算没经见过事儿

那些所谓的高档餐厅

把三块钱买自乡下的辣椒

起个名字叫情人的眼泪卖到六十元

瓠子，瓠子，唯你与洋芋

土不拉叽的样子

混搭上桌，定价低得不能再低

土豆瓠子汤

一边品味着你地道的纯正

一边嫌弹着你的土老帽

小湾瓠子啊

你是不是舌尖上

中国农耕文明里

最原始的营养

我与同村的李金山、单小花

蹲下来瞅着

同一根脉

错落地长着两个瓠子，开着一朵花

扯扯蔓蔓的都是乡愁

后山里

后山里深得很
一条滥泥河
有着广为人知的贫穷与苦难
也有着不为人道的柔美与曲线

后山里，百年村志上同时有着
九个南里人
九个乞讨者
九个仙女

"套着牛耕地去
狼把牛吃了
世上的穷人多
哪一个就像我"

那个曾经把一段苦歌
在深得很的岁月里
唱得愁肠百转的秦安货郎子
不知所终

"老土地"

几个人原来在一个叫土地局的单位
工作过的人
被大家称呼为"老土地"

从土地局出来后
大家依然干着有关土地的活儿
单永珍写下"进村入户"
成了诗人讴歌土地
张旭东写下"脱贫攻坚"
成了驻村第一书记耕作土地
王剑写下"乡村振兴"
成了乡党委书记改良土地
——而我也作为"老土地"
跟着他们一起书写
老土地，新故事

王民的父老乡亲都是"老土地"
正在建设新家园
艺术家王永晟说

王民的田园文化

是一幅山水画

是一支四季歌

只要用心品味

仔细聆听

你就会遇见心中的诗与远方

微时代

牛在圈里，吃满槽的苜蓿

羊在崖背上，很有镜头感随你拍照

鸡在庭院中，啄一堆石子

老婆在案板上擀长面

孩子在炕桌上写字

杨湾村建档立卡户牛万福

微信玩得好

发了条朋友圈

第一书记张旭东给点了个赞

写下评论：

脱贫啦!

长短句

那年的王民，不是催粮要款

就是刮宫流产

有段时间还防治"非典"

是一个贫困乡

有着蹲在墙根儿晒日头的安静

也有着鸡飞狗上墙的热闹

更早的光阴里

山是和尚头

水在烂泥沟

被毒毒的日头儿暴晒

抬头没有一丁点云影儿

恓惶的王民人

有时也会对着崖娃娃

吼一句

——破烂烂的衣衫

黄面面的脸

吃不饱肚把腰苦弯

今年人人都说王民脱贫了

乡村振兴了

我开始有些不信

初秋时节上了回堡子

进了几个村入户走访

才确信

出脱了的王民

一开始就拒绝浓妆艳抹

一开始便是清新的素颜之美

在王民山水间耱地

山之绿是淡淡的
水之蓝是淡淡的
淡淡的物事还有风
还有云，还有洪荒与远方

农耕文明在二岔口驻足
看看稼穑的惯常姿势
吟哦《诗经》里的
"民亦劳止，汔可小康"

都机械化就不是王民了
保留一些原生态与乡愁吧
只要把牛吆在趟里
就没有耱不绵软的地

山乡之风

从市区出发

一路高速

经过县，经过乡镇

沿途那么多风景

一晃而过

一如长年混迹钢筋水泥丛林

奔忙着，喘息着，健忘症不断加重

周末好出行

直接扑进王民大山里

信马由缰

走到高高的山梁上

环顾四野苍莽

初秋的阳光

慢慢落在一片大果榛子园中

——地里麦子拔倒咧，土根儿连着

谁说我俩拉倒咧，心儿牵着

果园里飘出的"花儿"

是山乡走漏的风声

有着小小的

唯美、忧伤

洋芋宴

"早上煮洋芋

中午洋芋煮

晚上改善，把洋芋切烂"

一边念叨着这几句古老的洋芋谣

一边剥着刚刚出锅的洋芋皮

丰满，烫手，那么皴

洋芋蛋曾是王民人的救命蛋

有一碎背篼洋芋

就能娶上媳妇

就能在滥泥河重复

——种洋芋，吃洋芋，攒洋芋

娶媳妇，养娃娃，种洋芋——

这种宿命般的光阴

传宗接代

再薄的地也能长洋芋

再穷的人也能翻过身

土豆变成金豆了

滥泥河变成青山绿水了

餐桌上也七碟八碗的

但好吃不过洋芋

王民味，原来就是纯正的洋芋味

西吉好吃头

母亲做的那顿浆水面
大碗里盛满乡愁不断
父亲熬的那盅罐罐茶
和日子一样浓浓淡淡

最忆那个九碗十三花
那就叫个真是没麻达
荞面搅团削片懒疙瘩
燕面揉揉那个生汆面

故乡味道，西吉好吃头
总是那么的怀念

月亮山锅锅灶烤洋芋
香飘飘呀葫芦河两岸
还有甜醅子呀凉皮子
咥个半盆你只把嘴擦

火石寨羊羔子肉哪
阿哥打了个平伙
只给我的尕妹子端
就想来把你好好看看

故乡的味道，西吉好吃头
总是那么的怀念

哦，矮僆着呢
哦，没麻达

"花儿"漫过月亮山

山里头高不过月亮山

水里头深不过震湖

河里头长不过葫芦河

风景里头美不过火石寨

佳肴里头香不过西吉好吃头

人里头俊不过你

"花儿"吃，听着听着

就开在了心里

阿哥的肉吃

面片子

舀着舀着

手颤着端不稳碗

漫一曲"少年"给尕妹

今儿格不再走西口

把这片土地爱了个舒坦

听马希尔歌唱故乡

如果说漫一曲"花儿"
漫出了故乡味道
漫出了高原上的生死之恋
你就漫吧
——"头割了不过碗大的疤
不死了就这个爱法"

李家沟里的水
那年真的很苦啊
嫁过来个最美的女子
后来偷偷放下两个大木桶
沿着夏家大路
跑到了口外

我听过你的歌
骑白马的少年
把鞭子甩响

偶记

西北开始金黄

那年的麦客子

从八百里秦川

到西海固高原

把一料子庄稼

收到胡麻开花

蓝格英英的彩

土豆也能挖了

一个西安人

一个西吉人

一起背背篼穿麻鞋搭毛褡裢

一起结为拜把兄弟

一起走州过县信天游

一起"花儿与少年"

一起等着个麦子黄

一起成炒面客

丰收谣

十万山坡长洋芋
十万农民收洋芋

十万洋芋窖北方
十万洋芋下江南

十万尕妹儿漫"花儿"
十万憨哥写"少年"

十万诗赋在川野
十万情歌在心窝

唯有一颗洋芋
半绿着，半麻着

像一名诗人
在大地上守望秋风

洋芋谣

1

花骨朵儿在蔓蔓上开着
命蛋蛋在心根根长着

尕妹妹吆
壅洋芋的时候

你的锄头落下
憨墩墩疼下

2

那蓝蓝的眼窝窝子
那深深的眼窝窝子

我的那个土豆豆

我的那个憨蛋蛋

藏在腔腔子里的尕 "花儿"

西海固心根根上烂漫的乡愁

诗人与锅锅灶

不要怀疑诗人的手艺
垒胡墼、砌砖窑
都以码字的速度
杨河村飘起烧洋芋的香味

金蛋蛋，银蛋蛋
好不过烫手土蛋蛋

大山深处锅锅灶
有我久远的愁，心窝里的温热

寻一处崖背，堆积柴火
我还没从十九楼的材料堆里出来

你已收起一笔烟火
在木兰书院书写清欢

"花儿"与锅锅灶

1

富汉家请的是大酒店
穷阿哥烧个锅锅灶
刨出个热洋芋给你吃
咱不比钱多比个情

2

洋芋倒进个土窝窝里
几时才烤成个熟的哩
"朵花儿"跌进心窝窝里
几时才能见上个面哩

3

羊圈里全是羊羔子
鸡棚里全是鸡娃子

灶膛里全是热洋芋

　"尕花儿"填满眼窝子

4

白杨树上的雀儿多

锅锅灶里的洋芋多

阿哥走口外不回来

　"尕花儿"心上惆怅多

5

葫芦河畔种着番麦

叶叶儿漂不到水上

你给我一个烤洋芋

烫手着吃不到嘴上

6

砖头砌成的锅锅灶

比埝子上挖得干散

　"尕花儿"在人伙伙里

拔了梢子的实好看

7

垒了一摆锅锅灶来

你心闲了烧洋芋来

二阿哥想了带话来

你心慌了唱"花儿"来

8

崖畔上锅锅灶烧得红

红得耀人的眼哩

世下的"尕花儿"长得俊

西北五省的爱哩

9

烤洋芋把人吃饱咧

"尕花儿"把人想倒咧

烧个锅锅灶改馋哩

唱一曲"花儿"解乏哩

红军寨两章

1

"我错了！""我爱你！"

如果一些话
在大庭广众下说不出口
就到毛家沟来

一个人面壁
对着内心，悄悄独白

2

花在情怀
花在乡愁
花在爱

——略论花钱。曾经的候鸟

往飞于北国和江南

现在返乡了，在老家

出手一轴乡村水墨画卷

写在家园

写在泥土

写在心

——略论写诗。文学之乡

一群诗人

把洋芋，诗篇，阳光

在黄土地和额头的汗珠上发表

西瓦亭史记

李世民北地巡游
站在一截战国秦长城之上
他的江山美不胜收
西瓦亭水泽两岸
奔跑的骏马
这王朝的重器
其中能日行千里的一匹
被选进长安城
套上"贞观之治"的车辕

在将台堡镇
一群文人墨客
在中国地方史中
慎重补记

站在将台堡高处望好水川

站在将台堡高处望好水川
北宋很近，时光很近
用不着穿越
金戈，铁马……
恍恍惚惚，入眼来

将台堡与好水川
山连着山，川连着川
水连着水，古今连着古今
还连着范仲淹
连着"先天下之忧而忧
后天下之乐而乐"的家国情怀

吹过将台堡的风
夹揉历史气息
从左耳朵进，右耳朵出
使人由恍惚，到愈加恍惚……

西吉好吃头·将台烤羊肉串

淄博烧烤火出圈的时候
闽宁特色街区的烤羊肉串也开始走红

"烤羊肉串哎
来来来
吃香的，喝辣的
吃饱喝好，把尕蛋儿领好"
——撒老六的大嗓门和小吃亭
让人间烟火气
弥散整个葫芦河川道

那么，我们就挪两条小长凳
坐下来吧
听马希尔"故乡味道，西吉好吃头
总是那么的怀念"唯美旋律
做一回"吃啥啥不剩"的
幸福的吃货

将台烤羊肉串，不仅仅是让你解馋
其香，也不完全因为孜然

你在我对面清浅微笑
我在你对面努力装成吃相优雅样儿
我们一起品
接下来的慢时光
让凡人的傍晚，春风沉醉